हिन्द पॉकेट बुक्स

बैक्टीरिया अदालत में

भागो-भागो बैक्टीरिया आया! बीमारियों का रैला लाया। कैसा है यह जान का दुश्मन! लोगों में, पेड़ों और पौधों, पशु और पक्षियों में फैलाता अपना जाल। इससे बचें तो कैसे भाई! कैसा है यह जांबाज़ क़साई। तो सुनो-सुनो, आज यह सच्ची बात! गंदगी से पाओ तुम निजात। लापरवाही मत बरतों इसमें! खाओ स्वस्थ रहने की क़समें। यह भी जानो कि बैक्टीरिया देता हमको बहुत-सी खाने की चीज़ें, लेकिन शर्त यही कि खुद रहो साफ़-सुथरे, तो हर चीज़ को, अपने आस-पास को भी रखो एकदम साफ़-साफ़।

पढ़िए, बच्चों के नाटकों की यह सचित्र रोचक किताब। ज्ञान-विज्ञान सीरीज़ का अनूठा तोहफ़ा।

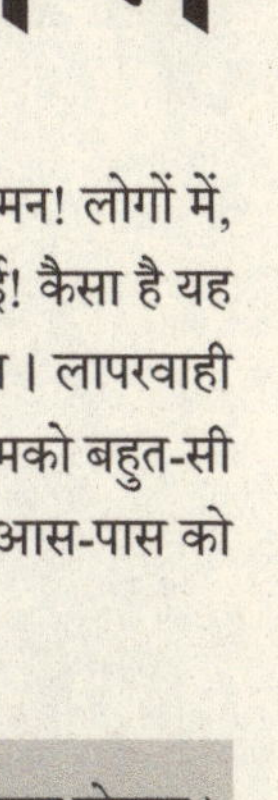

सफ़ाई सम्बन्धी बालोपयोगी रोचक विज्ञान नाटक

बैक्टीरिया अदालत में

प्रेमानन्द चन्दोला

हिन्द पॉकेट बुक्स

पेंगुइन रैंडम हाउस इम्प्रिंट

हिन्द पॉकेट बुक्स

यूएसए | कनाडा | यूके | आयरलैंड | ऑस्ट्रेलिया | सिंगापुर
न्यू ज़ीलैंड | भारत | दक्षिण अफ्रीका | चीन

हिन्द पॉकेट बुक्स, पेंगुइन रैंडम हाउस ग्रुप ऑफ़ कम्पनीज़ का हिस्सा है,
जिसका पता global.penguinrandomhouse.com पर मिलेगा

पेंगुइन रैंडम हाउस इंडिया प्रा. लि.,
चौथी मंजिल, कैपिटल टावर -1, एम जी रोड,
गुड़गांव-122002, हरियाणा, भारत

पेंगुइन
रैंडम हाउस
इंडिया

प्रथम संस्करण हिन्द पॉकेट बुक्स द्वारा 2012 में प्रकाशित
यह संस्करण हिन्द पॉकेट बुक्स में पेंगुइन रैंडम हाउस द्वारा 2023 में प्रकाशित

चित्र : प्रभात श्रीवास्तव

10 9 8 7 6 5 4 3 2

ISBN 9789353491567

टाइपसेटिंग: स्कैनसेट, नई दिल्ली
मुद्रकः रेप्रो इंडिया लिमिटेड

www.penguin.co.in

FSC
www.fsc.org
MIX
Paper from responsible sources
FSC® C047271

This is a legitimate digitally printed version of the book and therefore might not have certain extra finishing on the cover.

क्रम

सारा दोष बैक्टीरिया और उनके साथियों पर नहीं मढ़ा जा सकता। ताली एक हाथ से नहीं बजती। मनुष्य खुद भी क़सूरवार है। सारी बीमारियां उसकी लापरवाही के कारण, गंदे रहने और कसरत न करने के कारण होती हैं। इसलिए लोगों को सख़्त हिदायत दी जाती है कि वे खुद को साफ़ रखें, अपना घर, पास-पड़ोस, पशुशालाओं और खेतों वगैरह को भी साफ़-सुथरा रखें और स्वास्थ्य के नियमों का पालन करें।

– इसी पुस्तक से।

गन्दगीमल का मुक़दमा

पात्र

सरकारी वकील	गंदगीमल
पेशकार	वकील झंडामल (गंदगीमल का वकील)
दर्शक-समूह	जज

पहला दृश्य

[वकील का दफ्तर। वकील खाली बैठा है। कभी जम्हाइयां लेता है, कभी मक्खियां मारता है। स्पष्ट है कि उसके पास कोई काम-धाम नहीं है। पास में टेलीफ़ोन रखा है। घंटी बजती है तो बड़ी उत्सुकता से उठकर पूछता है]

वकील :

कहिए कोई केस है क्या? जी! क्या कहा? जी नहीं, यह तो मैं बोल रहा हूं वकील झंडामल। नहीं...सॉरी रांग नम्बर।

[वकील साहब टेलीफोन का चोंगा वापस रख देते हैं, और फिर मक्खी मारने लगते हैं। अचानक दरवाजे की घंटी बजती है। वकील साहब दरवाज़ा खोलते हैं। और ख़ुश

गंदगीमल अपने वकील झंडामल के ऑफिस में

होकर कहते हैं]

वकील :

आइए, आइए, बड़े दिनों बाद दिखाई दिए।

[गंदगीमल प्रवेश करते हैं। मैले कपड़े, गंदा मुंह, नाक पोंछते रहते हैं।]

गंदगी :

नमस्ते साहब!

वकील :

कुछ परेशान-से नज़र आ रहे हैं! क्या बात है गंदगी मल जी? आइए, बैठिए!

[वकील कुर्सी झाड़ने लगता है...]

गंदगी :

ओहो! यह क्या कर रहे हैं? कुर्सियां साफ़ कर देंगे, तो मैं कहां बैठूंगा? लीजिए, फ़र्श पर बैठ जाता हूं।

वकील :

लेकिन फर्श पर भी झाड़ू लग चुकी है।

गंदगी :

ओहो! चलो यह मोढ़ा कुछ गंदा दिखता है, यही ठीक है।

वकील :

सुनाइए, गंदगीमलजी, क्या सेवा करूं आपकी?

गंदगी :

कैसी सेवा, वकील साहब,? यहां तो जान के लाले पड़े हैं। कोई जीने नहीं देता।

वकील : (आश्चर्य से) अरे! भई ऐसी भी क्या बात है? कुछ बताइए तो!

गंदगी :

वकील साहब! आपसे तो कुछ छिपा नहीं है। मनुष्य के नए-नए तरीक़े, नई-नई दवाइयां, नए-नए मक्खीमार, चूहेमार, मच्छरमार आंदोलन चल रहे हैं। हमारा तो जीना मुश्किल हो गया। सारी जनता ने मिस दवाफेंक, मिस्टर सफ़ाई मोहम्मद, श्री इंजेक्शनम् और श्रीमती डी.टी.टी. वाला के नेतृत्व में मोर्चाबंदी कर दी है। अदालत में हमारे खिलाफ नालिश कर दी गई है। शिकायत है कि हम हद से आगे बढ़ते जा रहे हैं और बीमारियों के कारण जो जानें गई हैं और जा रही हैं, उनके लिए सज़ावार हैं।

वकील :

वाकई यह तो सचमुच में मुसीबतों का पहाड़ टूट पड़ा है आपके सिर पर। मुझे तो मलाल इस बात का है कि कहीं आपको कुछ हो गया तो आपकी बीवियों– मैडम

सरकारी वकील गंदगीमल से अदालत में सवाल पूछता है

एनोफलीज़ मच्छर और श्रीमती गृहमक्खी– का क्या होगा? तब आपके बच्चे जू, चीलर, खटमल, पिस्सू, बैक्टीरिया, विषाणु, कीटाणु, रोगाणु आदि का क्या करेंगे? इस तरह तो वे अनाथ नहीं हो जाएंगे ?

और आप गए नहीं कि आपके साथ ही आपके सारे गंदे साम्राज्य का बिस्तर बंध जाएगा, यानी कि आपके खानदान का नामोनिशान ही मिट जाएगा। लेकिन खैर, कोई-न-कोई जुगत तो करनी ही पड़ेगी।...(कुछ रुककर) लेकिन आप घबराइए नहीं...। बिल्कुल चिन्ता न कीजिए। आपका यह सेवक किस दिन के लिए है?

गंदगी :

वकील साहब! आपने मुझे ढाढ़स बंधा दिया है। इसी उम्मीद से तो मैं आपके पास आया था।
मेरी लाज अब आपके हाथ में है। अच्छा, नमस्ते!

वकील :

नमस्ते!

[गंदगीमल विदा होते हैं।]

दूसरा दृश्य

[ऊंची मेज़ के पीछे ऊंची कुर्सी पर बीच में जज महोदय बैठे हैं। नीचे की तरफ पेशकार बैठा है और आगे की बेंच पर वकील बैठे हैं। अदालत दर्शकों से भरी है।]

जज : (हथौड़ी पीटते हुए)

गंदगीमल का मुकदमा पेश किया जाए!

पेशकार :

गंदगीमल हाज़िर हों ! गंदगीमल हाज़िर हों !

सरकारी वकील : (सामने आकर)

मिलॉर्ड! गंदगीमल के काले कारनामों से सारी दुनिया बेहद परेशान है। जनता इन्साफ़ मांगती है। न्याय किया जाए!

जज :

पूरा केस पेश किया जाए!

सरकारी वकील :

मिलॉर्ड! इसने, इसकी बीवियों, इसके लड़के-लड़कियों और साथियों, यानी कि इसकी पल्टन ने लोगों का जीना मुश्किल कर दिया है। इनकी करतूतों की वजह से लोगों की जाने जा रही हैं।

मिलॉर्ड! श्रीमती मच्छरी तो मरसिये का बाजा बजाती चलती हैं, और साथ-ही-साथ बेरहमी से हंसती भी जाती हैं, और फिर मलेरिया आदि फैलाकर लोगों की जान ही ले डालती हैं।

मिलॉर्ड! और मैडम मक्खी तो जैसे शैतान की खाला हो। मुंह में, टांगों में और सारे शरीर पर बीमारी के ज़हरीले रोगाणु बसाए रखती है।

बिना बुलाए मेहमान की तरह, दाल-भात में मूसरचंद की तरह, खाने की थाली में बैठ जाती हैं और भोजन में रोगाणुओं को झाड़कर भाग खड़ी होती है। इसी के करण टाइफ़ाइड, संग्रहणी, हैजा, पेचिश, टी.बी. आदि बीमारियां फैलती हैं। और मिलॉर्ड! सबसे भयानक तो इसके बेटे बैक्टीरिया हैं। वह तो जैसे रावण की फौज हो। जहां चाहती है, वहां तहस-नहस कर डालती है। अलग-अलग प्रकार के बैक्टीरिया, टी.बी.,

टाइफाइड, कोढ़, न्यूमोनिया, प्लेग, डिप्थीरिया, हैजा...।

जज : (कानों पर हाथ रखकर)

बस, काफी है आगे कहो।

सरकारी वकील :

और मिलॉर्ड! यही हाल इसकी हत्यारी छोकरियों का है जो चेचक, फ्लू, पीलिया, इंफ़्लुएंज़ा, खांसी, जुकाम, कुकुर-खांसी आदि बीमारियां फैलाती हैं। इन्हीं के कारण हमारे बच्चे और नौजवान समय से पहले ही काल के गाल में जा पहुंचते हैं, और अगर बच भी गए तो रोगी बने रहते हैं, कुरूप या दाग़दार चेहरे वाले बन जाते हैं– जिन्दगी-भर के लिए। मिलॉर्ड! इन्हें अपनी करनी का फल मिलना ही चाहिए।

[सरकारी वकील की बहस के बाद गंदगीमल का वकील झंडामल आगे जाता है और बहस के लिए तैयार हो जाता है।]

झंडामल :

मिलॉर्ड! हो सकता है कि मेरे दोस्त सरकारी वकील की बातें कुछ सच्ची हों, किन्तु, दुनिया में दोष किसी एक का नहीं होता, और वह भी इस बीसवीं सदी में। ताली कभी एक हाथ से नहीं बजती।

झंडामल : (जनता की ओर मुड़कर)

मैं इन भले आदमियों से पूछता हूं कि ये इतनी बीमारियां

किसने फैलाई ?

इन्होंने ही तो, मनुष्य ने ही तो। यह सब इन्हीं की करनी का फल है।

जज :

क्या मतलब तुम्हारा? समझाकर कहो।

झंडामल :

मिलार्ड! यदि मनुष्य गंदे न रहते, वातावरण को गंदा न रखते, तो भला क्या मजाल था कि गंदगीमल की सेना इनके पास फटक भी सकती।

मनुष्य अपने को पढ़ा-लिखा कहता है, बुद्धिमान कहता है, पर इतना भी ध्यान नहीं रखता कि खुद कैसे रहना चाहिए और कैसे घर-बाहर को रखना चाहिए। वह अपने दोष नहीं देखता, सफाई और स्वास्थ्य के नियमों का पालन नहीं करता और दोष मढ़ता है। इन गरीबों के मत्थे, जो कि लोगों को बराबर याद दिलाते रहते हैं, शिक्षा देते रहते हैं।

सरकारी वकील : (व्यंग्य से हंसकर)

ये लोग शिक्षा देते हैं अच्छा मज़ाक़ है!

झंडामल :

मिलॉर्ड! अगर प्रकाश नहीं होगा तो अंधेरा अवश्य रहेगा। अच्छाइयां नहीं रहेंगी तो बुराइयां अवश्य पनपेंगी, और सफ़ाई न रहेगी तो गंदगी के कारण बीमारियां

फैलेंगी ही, लोग कमज़ोर व रोगी बनेंगे ही। यह तो प्रकृति का एक साधारण-सा नियम है।

मिलॉर्ड! यदि मनुष्य स्वयं ठीक से रहे, पास-पड़ोस साफ रखे और अच्छे तौर-तरीक़े अपनाए, तो इन विचारों को भी मुक्ति मिल जाए।

मिलॉर्ड! इसलिए मनुष्य की ही पहली और बड़ी गलती है। वह गंदगीमल और उसकी पल्टन को कैसे दोषी ठहरा सकता है? इन्हें तो यह सब करने के लिए मजबूर किया जाता है?

[बहस समाप्त होती है। पेशकार काग़ज़-पत्र जज के सामने ले जाता है। जज कुछ देर सोचते हैं और फिर फ़ैसला सुनाते हैं]

जज :

फ़िलहाल मुकदमा मुल्तवी किया जाता है। किन्तु तब तक बीमारियों ये बचने के लिए जनता को इत्तिला दी जाती है कि वह सफ़ाई रखे और तन्दुरुस्ती के नियमों का पालन करे। सिर्फ़ गंदगीमल को दोष देने से कोई लाभ नहीं ।

[अदालत बर्ख़ास्त होती है।]

नाइट्रोजन की पेशी

पात्र

नाइट्रोजन
न्यायाधीश
सरकारी वकील
नाइट्रोजन का वकील
पेशकार
चपरासी
जनता का प्रतिनिधी
अदालत में उपस्थित लोग

अदालत का दृश्य–

[कमरे के बीचोंबीच ऊंची कुर्सी पर न्यायाधीश बैठे हैं। उनके ठीक नीचे पेशकार आदि बैठे हैं। पीले कपड़े पहने हुए नाइट्रोजन कठघरे में खड़ी है और जनता के प्रतिनिधि वादी के रूप में हाजिर हैं। सामने वकील बैठे हैं। अदालत दर्शकों से भरी है।

[अदालत में खुसफुसाहट। न्यायाधीश घूर कर देखते हैं]

न्यायाधीश : (हथौड़ी पीटकर)

नाइट्रोजन का मुकदमा पेश किया जाए !

पेशकार :

नाइट्रोजन हाज़िर हों ! नाइट्रोजन हाज़िर हो!

सरकारी वकील :

आगे बढ़कर, मिलार्ड! नाइट्रोजन के अत्याचारों से (जनता की ओर संकेत करते हुए) लोग दुःखी हैं।

सारी जनता गवाह है कि यह कितनी बेदर्दी से लोगों को मौत के घाट उतार देती है।

न्यायाधीश :

बातें साफ़-साफ़ और पूरी तरह से समझाई जाएं!

सरकारी वकील :

मिलॉर्ड! यह नाइट्रोजन तो शैतान की मौसी हो गई है।

नाइट्रोजन से बम का धमाका होता है

लोगों के पीछे हाथ धोकर पड़ गई है। पूरी बातें सुनकर आपको विश्वास हो जाएगा कि इसके कुकर्मों से दुनिया में कितनी हाय-तौबा मची है।

जज :

आप अभी तक पहेलियां बुझवा रहे हैं, श्रीमान् सरकारी वकील! मैं आपको यह याद दिलाना चाहता हूं कि अदालत का समय बहुत कीमती है।

सरकारी वकील :

क्षमा कीजिए, मिलार्ड! मैं आपसे निवेदन करूंगा कि आप युद्ध के दृश्य की कल्पना कीजिए। आपको कुटिल हंसी हंसती हुई एक भयंकर राक्षसी नज़र आएगी। गोली और कारतूसों में छिपी वह राक्षसी नाइट्रोजन है, जिसके कारण धांय-धांय की आवाज होती है और हाय, बेचारा नौजवान मौत की तड़प से छटपटाने लगता है। इसकी सर्वनाशी ताक़त का अंदाज़ा नहीं लगा सकते आप। दिल दहला देने वाले बम का धमाका होता है और पल-भर में ही सैकड़ों-हज़ारों मनुष्य ढेर हो जाते हैं। दुनिया का सारा खेल धरा-धराया रह जाता है, लोगों का सुख-चैन छिन जाता है, परिवार बर्बाद हो जाते हैं, भयंकर प्रलय मच जाती है और सृष्टि का विनाश हो जाता है।

मिलॉर्ड! एक करारी चोट, जरा-सी रगड़ या आग की छोटी-

सी चिंगारी के साथ षड्यंत्र रचकर इसके अणु विध्वंस की योजना बना लेते हैं और पलक मारते ही एक भयानक विस्फोट हो जाता है, जिसका फल होता है, सबका सफ़ाया-सबका नाश।

[सुनने वाले फुसफुसाकर अपना भय और क्रोध व्यक्त करते हैं।]

जज :

शांत होइए! श्रीमान् सरकारी वकील अपनी बात जारी रखिए।

सरकारी वकील :

मिलार्ड ! इसका कोई एक रूप हो तो बताऊं, यह तो बहुरुपिया है, बहुरुपिया। यह अलग-अलग, क़िस्म-क़िस्म के रूप धरकर हमें छलती है। कभी नाइट्रो-ग्लिसरीन के रूप में, कभी गन-कॉटन के रूप में, तो कभी डायनामाइट या बारूद के रूप में प्रकट होती है और यम की दूती बनकर अपने फंदे में बांधकर हमें सीधे यमलोक भेज देती है। इतनी खतरनाक है यह।

[दर्शकों में से कोई चिलाता है, "इसे यहीं ख़त्म कर दिया जाए!"]

जज :

शांत होइए!

सरकारी वकील :

पहले तो मिलॉर्ड! इसका क्षेत्र केवल बारूद तक ही सीमित था, क्योंकि गंधक, कोयले और इसके यौगिक शोरे के मिश्रण से ही बारूद बनता है। लेकिन अब इसके अत्याचार दिन-प्रतिदिन बढ़ते ही चले जा रहे हैं। इसका ध्येय, इसका काम, बस केवल एक ही रह गया है और वह है लोगों का सफ़ाया करना।

मिलॉर्ड! अब तो यह हत्यारिन पिकरिक एसिड, नाइट्रो-सेल्यूलोज, टी.एन.टी आदि के रूप में भी बेहिचक सत्यानाश करती चली जा रही है।

और मिलॉर्ड! आख़िर में मैं यही कहना चाहूंगा कि आए दिन यह बेरहम अनगिनत हत्याओं की ज़िम्मेदार है। इसीलिए इसे अपनी करनी का फल अवश्य मिलना चाहिए, ताकि लोग सुख-शांति से रह सकें।

[सरकारी वकील की बहस के बाद नाइट्रोजन का वकील बहस के लिए तैयार हो जाता है।]

नाइट्रोजन का वकील :

(सामने आकर) मिलॉर्ड! सरकारी वकील की दलील आपने सुनी। ये सब बातें कुछ-कुछ सही हो भी सकती हैं, किन्तु इसमें दोष नाइट्रोजन का नहीं है। दोष है। तो केवल आज के इन वैज्ञानिकों का, मानवता के दुश्मनों का, लड़ाई रचाने

वैज्ञानिक वकील को नाइट्रोजन की उपयोगिता समझाता है

वालों का। नाइट्रोजन तो सृष्टि में पैदा करने और पालन करने के लिए जन्मी थी। लेकिन इन वैज्ञानिकों ने सारा तख़्ता ही पलट दिया। सारे मोहरे ही बदल डाले। मैं साबित कर दूंगा की नाइट्रोजन वास्तव में पोषी है न कि दोषी।

[दर्शकों में फिर उत्तेजना और फुसफुसाहट]

नाइट्रोजन का वकील :

मिलॉर्ड! सबसे पहले तो यह एक निष्क्रिय गैस है। न जलती है, और न जलने में सहायता देती है। हवा का एक बटा पांच भाग उस ऑक्सीजन का है, जो वस्तुओं को जलाने पर ही तुली रहती है। यदि हवा में चार बटा पांच भाग नाइट्रोजन का न होता तो न जाने यह ऑक्सीजन क्या ग़ज़ब ढा देती। यह दुनिया कब की भस्म हो गई होती।

और मिलॉर्ड! यह नाइट्रोजन की ही बिसात है कि वह ऑक्सीजन के जलाने वाले स्वभाव की रोक-थाम किए हुए है, सृष्टि को बचाए हुए है।

मिलॉर्ड! इसकी खूबी तो देखिए कि सृष्टि को खत्म होने से बचाने के लिए तो यह निष्क्रिय बन जाती है। और उपयोगी व अच्छे कार्यों को करने के लिए यही भलीमानस और सक्रिय बन जाती है। इसी नाइट्रोजन से प्रोटीन बनते हैं जो कि जीवों के शरीर के निर्माण के लिए अत्यंत आवश्यक हैं। और इन्हीं प्रोटीनों से मिलॉर्ड! जीवों के

टूटे-फूटे अंगों कि मरम्मत तथा विकास होता है, जिससे कि जीवों का जीवनचक्र सही तरह चल पाता है। मिलॉर्ड! यदि नाइट्रोजन न हो तो खाद के लिए नाइट्रोजन कहां से बने ? और हमारे किसान भाई जानते हैं कि इस तरह खादों के प्रभाव में अकाल न पड़ जाएगा। यानी नाइट्रोजन खाद के बिना वनस्पतियों का जीवन असंभव हो जाएगा, और वनस्पतियों के बिना क्या मनुष्य और पशु जिंदा रह सकेंगे? फिर धरती वीरान हो जाएगी।

[दर्शकों में फिर फुसफुसाहट मानो बात उनको ठीक लग रही हो।]

नाइट्रोजन का वकील :

यह बेचारी तो स्वयं विष्ठा, मल-मूत्र तथा सड़ी-गली चीजों में उत्पन्न होती है, लेकिन जीवों की भलाई के लिए ऊंची-ऊंची जगहों पर पहुंच जाती है। नीच कुल में अवश्य जन्मी है, लेकिन कर्म तो इसके ऊंचे हैं जो की इसके परोपकारी कामों से अच्छी तरह साबित हो जाता है।...

सरकारी वकील : (बीच में टोककर)

मिलॉर्ड! नाइट्रोजन की एकाध दिखावे की उपयोगी बातें बतलाकर उसके हत्या के असली अपराध को ढकने की कोशिश की जा रही है, जिसका कि मुकदमे से कोई संबंध नहीं है...।

नाइट्रोजन का वकील : (बात काटकर)

मिलॉर्ड! इन बस बातों का मुक़दमे से गहरा संबंध है। इनसे सच्चे अपराधी सामने आ जाएंगे और निर्दोष निर्दोष सिद्ध हो जाएगा। किन्तु यदि इस तरह दलील में दखल दी जाती रही तो हो सकता है कि इस गड़बड़ी में ही कुछ बातें अदालत के सामने आने से रह जाएं, और इन्साफ़ न हो पाए।

न्यायाधीश : (हथौड़ी पीटकर)

ऑर्डर-ऑर्डर! बहस जारी रहे।

नाइट्रोजन का वकील : (सिर झुकाकर)

थैंक यू, मिलॉर्ड! इसी नाइट्रोजन से बनी आतिशबाज़ियों का उपयोग दीवाली में, त्योहारों में तथा ख़ुशी के मौक़ों पर घर-घर में होता है। इससे बने डाइनामाइट को जिसे कि मेरे मित्र ने अभी-अभी सत्यानाशी बताया है, चट्टानों को तोड़ने, बंजर भूमि को सुधारने सड़कों को बनाने तथा दलदलों को सुखाने आदि के काम में लाया जाता है।

मिलॉर्ड! इसके यौगिक अमोनिया से ही तपती गर्मियों में सूखा गला तर कर ने वाली बर्फ़ बनाई जाती है, और दूसरे यौगिक नौसादर को बैटरी के सेल बनाने में इस्तेमाल किया जाता है। इसी से नाइट्रिक एसिड आदि पदार्थ बनते हैं, जो उद्योगों के लिए बहुत महत्त्वपूर्ण हैं, और जिनके बिना

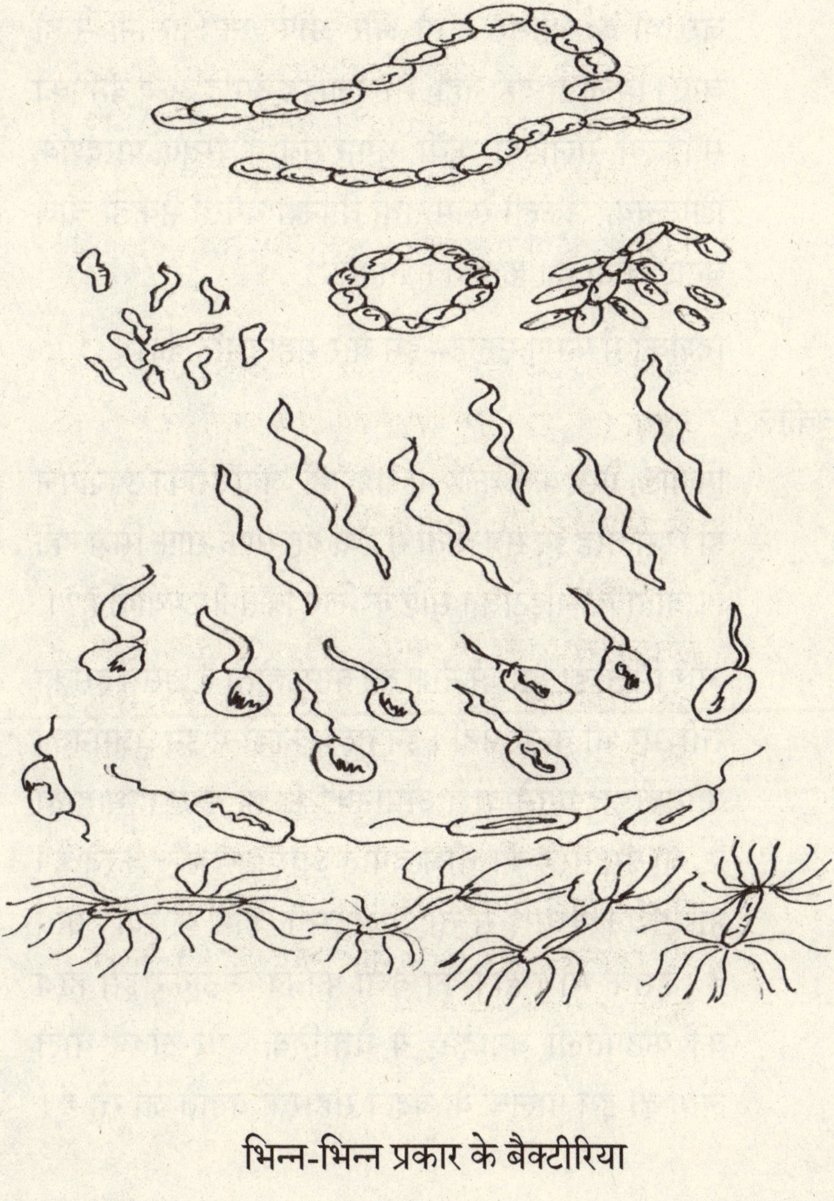

भिन्न-भिन्न प्रकार के बैक्टीरिया

उद्योगों की प्रगति कठिन क्या, बिलकुल असम्भव है। और मिलॉर्ड! इसी से ही लाफ़िंग गैस बनती है जो कि दांतों की चीर-फाड़ के वक़्त सुंघाई जाती है, ताकि इन्सान को जरा भी दर्द महसूस न हो और ऑपरेशन आसानी से हो जाए। मिलॉर्ड! यही नहीं, सेल्युलाइड आदि अन्य यौगिकों से फ़िल्म, सलाइयां, कंघी, श्रृंगार संबंधी वस्तुएं, पारदर्शक झिल्लियां, नकली रेशम तथा वार्निश वगैरह सैकड़ों चीजें बनाई जाती हैं। कहां तक गिनाऊं?

[दर्शकों में फुसफुसाहट– इस बार सहानुभूति की]

वकील :

मिलॉर्ड! ऐसा कहीं कोई भी क्षेत्र नहीं, जहां इसका उपयोग न हो। इस तरह इन सब बातों से क्या यह साफ़-साफ़ सिद्ध नहीं हो जाता कि नाइट्रोजन सृष्टि के लिए कितनी उपयोगी है?।

और मिलॉर्ड! यह जो नाश का कार्य होता है, इसमें इसका रत्ती-भर भी कसूर नहीं। इन हत्याकांडों में इन वैज्ञानिकों और लड़ाई करने वाले अमानुषों का ही सारा हाथ होता है, जो इस तरह की चीजें बनाते और इस्तेमाल करते हैं। नाइट्रोजन बेचारी से तो जबरदस्ती काम कराया जाता है। इसके सीधे होने का बेजा फायदा उठाकर इसे हाथ की कठपुतली बनाकर, ये वैज्ञानिक और लड़ने वाले लोग ही इसे पालक के बदले संहारक बनाते जा रहे हैं।

[बहस समाप्त होती है, पेशकार काग़ज़-पत्र न्यायाधीश के पास ले जाता है। अदालत में खुसफुस होने लगती है। लोग उत्सुक दिखाई देते हैं। न्यायाधीश सोचने-विचारने के बाद फ़ैसला सुनाते हैं]

न्यायाधीश : (मेज़ पर हथौड़ी मारकर)

शांत होइए! अदालत नाइट्रोजन के ख़िलाफ चलाए गए मुक़दमे को ख़ारिज करती है। नाइट्रोजन को सम्मान के साथ में रिहा किया जाता है। साथ ही फ़रमान जारी किया जाता है कि वैज्ञानिकों के तोड़-फोड़ वाले आविष्कारों और लोगों की लड़ने वाली चालों पर निगरानी रखी जाए।

[हथौड़ी पीटने की आवाज होती है और अदालत बर्ख़ास्त होती है। लोग ख़ुश-ख़ुश लौटते हैं।]

बैक्टीरिया अदालत में

पात्र

- जज
- जूरी के सदस्य
- सरदार बैक्टीरिया
- सरकारी वकील
- बैक्टीरिया का वकील
- पेशकार
- डॉक्टर
- वैज्ञानिक
- गवाह
- चपरासी व अन्य लोग

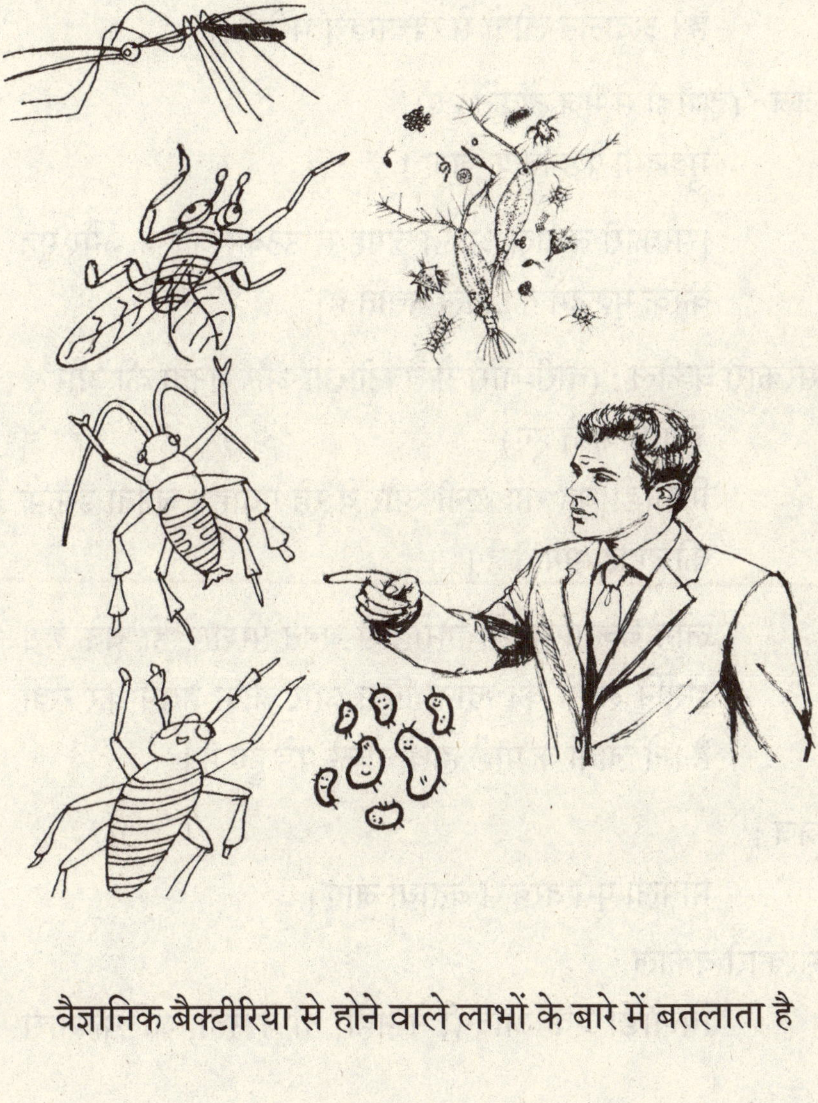

वैज्ञानिक बैक्टीरिया से होने वाले लाभों के बारे में बतलाता है

[अदालत का दृश्य– बीच में ऊंची कुर्सी पर जज बैठे हैं। उनके ठीक नीचे की तरफ़ पेशकार आदि की कुर्सियां लगी हैं। और दाहिनी ओर जूरी के सदस्य बैठे हैं। सरदार बैक्टीरिया कठघरे में खड़ा है और जनता के कुछ प्रतिनिधि मुद्दई के बतौर हाज़िर हैं। सामने की बेंचों पर वकील बैठे हैं। अदालत लोगों से खचाखच भरी है।]

जज : (हथौड़ी से मेज़ ठोंकते हुए)

मुक़दमा पेश किया जाए !

[सरकारी वकील अपनी जगह से उठकर जज के ओर मुंह करके मुक़दमे का हाल बताते हैं]

सरकारी वकील : (बारी-बारी से बैक्टीरिया और जनता की ओर इशारा करते हुए)

मिलॉर्ड! यह रहा ख़ूनी और ये रहे गवाह। जनता इंसाफ़ की दुहाई मांगती है।

लोग बैक्टीरिया के गिरोह से बहुत परेशान हो चुके हैं। इन्होंने लोगों का खाना-पिना और जीना हराम कर रखा है। ये लोगों के पीछे हाथ धोकर पड़े हुए हैं।

जज :

मामला पूरी तरह से बताया जाए।

सरकारी वकील :

मिलॉर्ड! एक आदमी ने नहीं, दो ने नहीं, बल्कि सारी

जनता ने ही बैक्टीरिया और इसके गिरोह के ख़िलाफ़ नालिश की है। सारी जनता गवाह है कि ये बैक्टीरिया हत्यारे और क़सूरवार हैं। इनके काले कारनामों के कारण आए दिन जो जाने जा रही हैं, उसकी सज़ा इन्हें मिलनी ही चाहिए।

जज :

जज गिरोह के सरदार बैक्टीरिया को पेश किया जाए और उसके जुर्मों के बारे में बताया जाए।

सरकारी वकील :

मिलॉर्ड! बैक्टीरिया, यानी जीवाणुओं का एक बहुत बड़ा गिरोह है, जो अपने सरदार के इशारे पर चलता है। हैं तो ये छोटे, पर बड़े खोटे हैं। ये पौधों के फफूंदियों वाले समूह के हानिकारक जीव हैं जो अलग-अलग वैज्ञानिक नामों से प्रसिद्ध हैं। हरा पदार्थ न होने के कारण ये धूप की रोशनी में अपना खाना खुद नहीं बना सकते हैं, इसलिए मुफ़्त में औरों का माल उड़ाते फिरते हैं।

आम आदमी की निगाह में तो ये आते ही नहीं, क्योंकि आकार में ये 0.2 माइक्रोन से लेकर 5.2 माइक्रोन के होते हैं। मिलॉर्ड! एक माइक्रोन, एक मिलिमीटर का हजारवां भाग होता है। इससे आपको इनके आकार का अंदाजा हो जाएगा। माइक्रोस्कोप या सूक्ष्मदर्शी के बिना

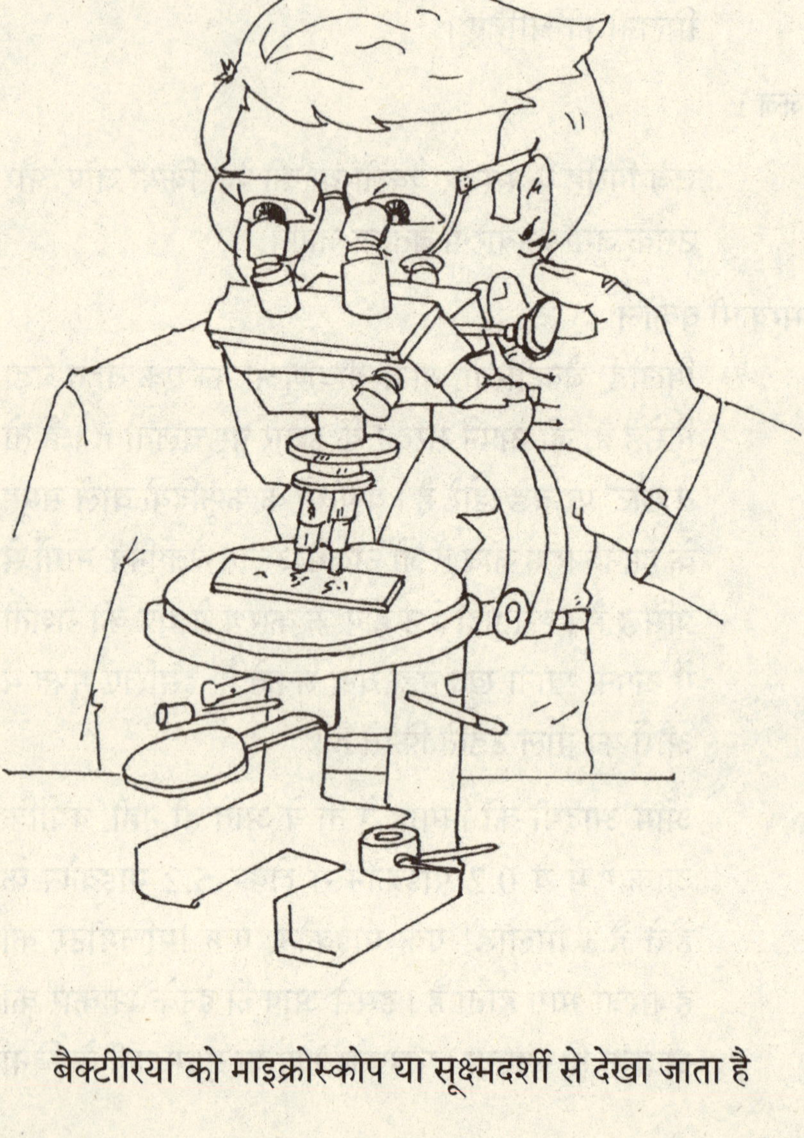

बैक्टीरिया को माइक्रोस्कोप या सूक्ष्मदर्शी से देखा जाता है

ये जानवरों व पेड़-पौधों में, यानी हर जगह पाए जाते हैं। इनमें से कई हवा में तैरते रहते है, क्योंकि उनमें तैरने के लिए एक या ज़्यादा डोरे जैसे अंग होते हैं। इनका शरीर केवल एक कोशिका, यानी छोटी कोठरी का बना होता है। जिसमें गाढ़ा रस भरा रहता है। यह कोशिका चारों ओर से एक पतली दीवार से सुरक्षित रहती है। इस कोशिका के बीच में 'क्रोमेटिन' नाम के कर्ता-धर्ता घने कण होते हैं और इधर-उधर क़िस्म-क़िस्म के रंग बिखरे पड़े होते हैं।

मिलॉर्ड! मोटे तौर पर ये तीन तरह के होते हैं। छड़नुमा बैक्टीरिया दंडाणु या बैसिलस, गोल बैक्टीरिया गालाणु या कॉक्क्स और मुड़े-तुड़े छल्लेनुमा बैक्टीरिया, जो स्पिरिलम कहलाते हैं। ये बहुत अधिक तेजी से उत्पादन करते हैं। उत्पादन करते समय इनका शरीर बीच में सिकुड़कर फिर दो हिस्सों में टूट जाता है और इस तरह एक घंटे में करोड़ों बैक्टीरिया का पैदा हो जाना एक साधारण बात है।

मिलॉर्ड! ज्यादातर जितनी भी बीमारियां हैं, वे सब इनके ही कारण हैं। क्या मनुष्य, क्या पशु-पक्षी, और क्या पेड़-पौधे, सभी इनके शिकार होते हैं। हम पर, हमारे जानवरों पर, हमारी फ़सलों और पेड़ों पर यानी कि हमारी सभी चीज़ों पर, जिनसे की हमारी ज़िन्दगी चलती है, ये हमला कर देते हैं। इसलिए

जुर्म कबुलवाने के लिए मैं सरदार बैक्टीरिया से कुछ सवाल पूछने की इजाज़त चाहता हूं।

जज :

इजाज़त है।

[सरकारी वकील सरदार बैक्टीरिया के कठघरे की ओर बढ़ता है। बैक्टीरिया के सिर पर गीता रखकर क़सम खिलाई जाती है कि, 'ईश्वर की क़सम खाकर कहता हूं कि जो कुछ कहूंगा, सच कहूंगा और सच के सिवा और कुछ नहीं कहूंगा।']

सरकारी वकील : (बैक्टीरिया से प्रश्न पूछे जाते हैं)

क्या यह सच नहीं कि तुम ही टी.बी. या तपेदिक़ की बीमारी फैलाने के ज़िम्मेदार हो?

सरदार बैक्टीरिया :

मैं नहीं समझता।

सरकारी वकील :

क्या तुम लोग न्यूमोनिया, हैज़ा, इन्फ्लुएंजा वगैरह फैलाकर लोगों को मार नहीं डालते?

सरदार बैक्टीरिया :

हम किसी को नही मारते।

सरकारी वकील :

क्या यह सच नहीं कि तुम ही डिप्थीरिया के बहाने बेदर्द

बनकर, मासूम बच्चों का गला घोंटकर उनकी जान ले डालते हो ?

सरदार बैक्टीरिया :

हम भला क्यों बच्चों का गला घोंटने लगे! हम तो अपने काम में व्यस्त रहते हैं। किसी को नुक़सान पहुंचाने का हमारा कोई इरादा नहीं रहता । उल्टे आदमी ही हमें दिन-रात नई-नई दवाओं और इंजेक्शनों से परेशान कर हमारी जान ही ले डालता है । शिकायत तो हमें है श्रीमान् !

सरकारी वकील :

क्या यह सच नहीं कि और भी कई ख़तरनाक बीमारियों के फैलाने में तुम्हारा हाथ है?

सरदार बैक्टीरिया :

हम कोई बीमारियां नहीं फैलाते । हम तो मस्त बनकर आजादी से घूमते-फिरते हैं। कोई बिना बात हमसे सामने आकर टकरा जाए, तो इसमें हमारा क्या क़सूर?

सरकारी वकील :

और क्या यह झूठ है कि तुम्हारे कारण आदमी ही नहीं, बल्कि जानवरों और फ़सलों को भी भारी नुक़सान पहुंचता है?

सरदार बैक्टीरिया :

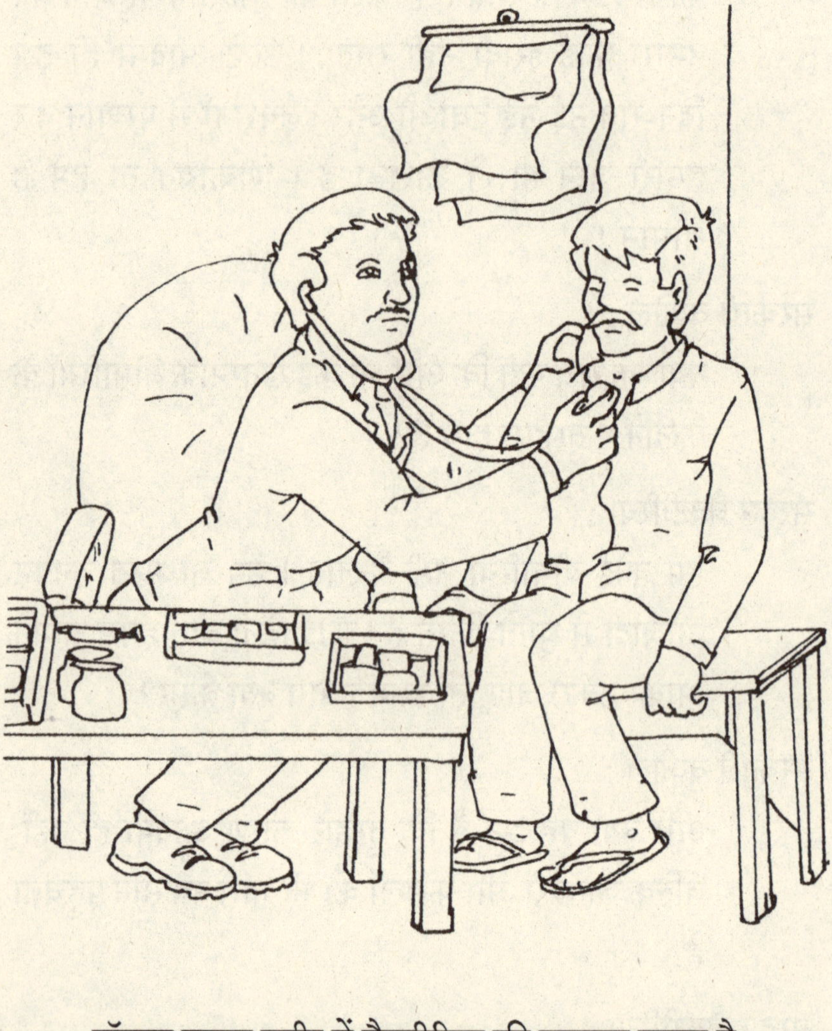

डॉक्टर मानव शरीर में बैक्टीरिया की पहचान करता है

हमारी तरफ़ से ऐसी कोई बात नहीं हैं। मनुष्य जिस तरह फ़सलों से अन्न बटोरता है, उसी तरह हम लोग भी पेट भरने की चाह रखते हैं।

सरकारी वकील : (हाथ से इशारा करते हुए)

मिलॉर्ड! गौर किया जाए, मुजरिम सफेद झूठ बोलता है। जुर्म क़बूल करना नहीं चाहता।

(इतने में सरदार, बैक्टीरिया का वकील बीच में ही बात काटकर बोल उठता है)

बैक्टीरिया का वकील :

मिलॉर्ड! बेसिर-पैर की घिसी-पिटी बातों को लेकर खामखाह मेरे मुवक्किल को परेशान किया जा रहा है।

सरकारी वकील : (तिलमिलाकर)

मिलॉर्ड! मेरे दोस्त को शिकायत है कि इस तरह से सवाल पूछना परेशान करना है। लेकिन मैं तो मुजरिम से उसी के मुंह से सच्ची बातें उगलवाने की कोशिश कर रहा हूं।

और मिलॉर्ड! मेरी बहस अभी पूरी नहीं हुई। बहस जारी रखने की इजाज़त चाहता हूं।

जज :

ऑर्डर-ऑर्डर, बहस जारी रहे।

[सरकारी वकील धन्यावाद कहकर फिर अपनी बहस

चालू रखते हैं]

सरकारी वकील :

मिलॉर्ड! गिल्लीनुमा बैक्टीरिया या बैसिलस ट्यूबरकुलोसिस मनुष्यों में टी.वी. या तपेदिक, बैसिलस न्यमोनी न्यूमोनिया, बैसिलस इन्फ्लुएंजा, बैसिलस एंथ्रोसिस लॉक-जौ नामक रोग, बैसिलस टिटेनी टिटेनस रोग, बैसिलस टाइफ़स टाइफ़ाइड, बैसिलस कोलरा, हैजा, बैसिलस डिप्थीरिई डिप्थीरिया, बैक्टीरियम डीसेण्टरिई पेचिश और इसी तरह किस्म-किस्म के बैक्टीरिया कोढ़, गैंग्रीन, फ्लू, ज़हरीला खून आदि की कई ख़तरनाक बीमारियां फैलाते हैं।

बैक्टीरिया के कारण लोग स्वस्थ नहीं रह पाते, बीमार बने रहते हैं और आख़िर मौत के मुंह में ही जा पहुंचते हैं।

मिलॉर्ड! इसके कुछ और साथियों को भी रंगे हाथों पकड़ लिया गया है और जो नहीं पकड़े जा सके हैं, उनके नाम वारण्ट जारी कर दिए गए हैं। गवाहों और डॉक्टर की रिपोर्ट से बात बिलकुल साफ हो जाएगी कि सरदार बैक्टीरिया मुजरिम है या नहीं।

जज :

गवाह पेश किए जाएं।

[चार-पांच गवाह पेश किए जाते हैं। वे बारी-बारी से

कठघरे में आते हैं और शपथ लेने के बाद गवाही देते हैं।]

सरकारी वकील : (पहले गवाह से)

मिस्टर दुर्बलराम, आप कैसे कहते हैं कि सरदार बैक्टीरिया ने आपको मारने का षड्यंत्र रचा?

दुर्बलराम :

श्रीमानजी, मुझे दो-तीन साल से कमज़ोरी चल रही है। भूख नही लगती। वज़न कम हो रहा है और खांसी बनी रहती है। यह देखकर मैं डॉक्टर के पास गया, तो उन्होंने बताया कि तपेदिक़ के बैक्टीरिया ने मुझ पर आक्रमण किया है। वे मेरे थूक में मौजूद हैं।

जज : (डॉक्टर से)

क्या यह सच है?

डॉक्टर :

जी हां, मिलॉर्ड! मैंने दुर्बलराम के बदन की जांच की और पाया कि तपेदिक़ के बैक्टीरिया ने इस पर आक्रमण किया है।

मैंने स्लाइड पर रखकर माइक्रोस्कोप से इस बैक्टीरिया को देखा और पहचाना। इस वजह से इसका एक फेफड़ा भी कुछ खराब हो गया है।

सरकारी वकील : (दूसरे गवाह से)

मिस्टर बेख़बर प्रसाद! आप कैसे साबित कर सकते हैं कि

सरदार बैक्टीरिया ने अपको मारने की साज़िश की थी ?

बेखबर प्रसाद :

जी, मुझे जब जोर का बुख़ार आया और बदन टूटता रहा, तो मैं डॉक्टर के पास गया। डॉक्टर ने बताया कि मुझे न्यूमोनिया हो गया है। बहुत पैसे खर्च करके और दवा-दारू करके मैंने अपनी जान बचाई है, वरना मैं बेमौत मर गया होता।

जज :

डॉक्टर! इस बारे में साफ-साफ बातें बतलाई जाएं।

डॉक्टर :

मिलॉर्ड! यह सच है। मैंने बेखबर प्रसाद के शरीर में न्यूमोनिया फैलाने वाले बैक्टीरिया को रंगे हाथों पकड़ा जो उसकी जान ही ले डालता अगर मैं मौके पर इलाज न करता।

सरकारी वकील :

यही नहीं मिलॉर्ड! ये हमारे जानवरों तक को नहीं छोड़ते। इनमें ये एंथ्रोक्स, सेप्टीसिमिया, चूज़ों का हैजा, न्यूमोनिया, वग़ैरह फैलाते हैं। अगले गवाह की बातों से जानवरों पर इनके जुल्मों की बात साबित हो जाएगी।

जज :

मिस्टर पशुपाल सिंह, आपकी मुर्ग़ी के बच्चों की मौत

कैसे हुई?

पशुपाल सिंह :

श्रीमान्, मैंने मुर्गीपालन का धन्धा शुरू ही किया था कि बैक्टीरिया ने मेरे फ़ार्म के चूज़ों में हैज़ा फैला दिया और सारा फ़ार्म तहस-नहस कर दिया।

सरकारी वकील :

मिलॉर्ड! इन सब बातों पर ध्यान दिया जाए।

जज :

और कोई गवाह?

सरकारी वकील :

मिलॉर्ड! दो गवाह और हैं। इनसे आपको मालूम पड़ जाएगा कि ये हमारी फ़सलों और घरेलू चीजों को कैसे नुक़सान पहुंचाते हैं। जिन पेड़-पौधों पर हमारी जिंदगी निर्भर है, ये उनको भी नहीं छोड़ते।

मिलॉर्ड! एक बीमारी फैलाएं तो गिनाऊ। फायर ब्लाइट या अंगमारी, कैंकर या दाग, चकत्ते व कोढ़ का रोग, रूट-राट या जड़ की सड़ांध, ब्लैक या काला पड़ जाने का रोग, मुरझाने का रोग आदि ऊल-जलूल बीमारियां पैदा करके उनका उनका नाश करके ही चैन लेते हैं।

मिलॉर्ड! कुछ बैक्टीरिया जब तन्दुरुस्त पौधों का कुछ नहीं बिगाड़ सकते तो मिट्टी में नीचे दुबककर ख़ुराफ़ात

करते हैं। ये ऐसा इसलिए करते हैं, ताकि ऊपर से नज़र न आएं। ये क्या करते हैं कि नाइट्रेट वाली खादों में से नाइट्रोजन तोड़कर और उड़ाकर खाद को बेकार कर देते हैं।

जज : (चौथे गवाह कृषिप्रकाश से)

मिस्टर कृषिप्रकाश, आपको अपनी फ़सल के नुक़सान के बारे में क्या कहना है?

कृषिप्रकाश :

श्रीमानजी, बैक्टीरिया ने इस साल मेरी गन्ने की फ़सल को मुरझाकर व सुखाकर नष्ट-भ्रष्ट कर दिया है। मेरी तो सारी मेहनत पर पानी फिर गया है। इन्होंने मेरा बड़ा भारी नुक़सान किया है।

सरकारी वकील :

और मिलॉर्ड! यहीं तक अगर बात होती तो गनीमत थी। ये तो हमारी बनी-ठनी, धरी-धराई और पकी-पकाई चीज़ों को भी नहीं छोड़ते।

जज :

(पांचवें गवाह से) श्रीमती गृहलक्ष्मी, इस बाबत बैक्टीरिया के खिलाफ आपको क्या कहना है?

गृहलक्ष्मी :

श्रीमानजी, ये आए दिन खाने की घरेलू चीज़ों को नष्ट करते

रहते हैं। दूध बिगाड़ने से लेकर मक्खन बरबाद करना इनके लिए मामूली बात है। यहां तक कि डिब्बे में बन्द चीज़ों को भी ये नहीं छोड़ते।

सरकारी वकील :

गवाहों की गवाही से मिलॉर्ड! आपको यक़ीन हो गया होगा कि ये किस क़दर ज़ुलम ढाते हैं। अनगिनत बीमारियां गिनाने के बाद भी इनके ज़ुल्मों की कहानी ख़त्म नहीं हो पाएगी। अब तो ये नए-नए तरीक़ों से वार करने लगे हैं। ये ऐसी नई-नई बीमारियां फैला रहे हैं कि हमारे डॉक्टर भी परेशान हो गए हैं।

मिलॉर्ड! इनकी फैलाई बीमारियों से बचने के लिए इंजेक्शनों, शर्बतों, गोलियों, टिकियों, मरहमों वग़ैरह का सहारा लेना पड़ता है। ख़ून या बदन में इनका ज़रा भी ज़हर या टॉक्सिन आ जाए तो पेनिसिलिन के इंजेक्शन, तपेदिक हो जाए, तो स्ट्रेप्टोमाइसिन के इंजेक्शन, टाइफाइड हो जाए, तो क्लोरोमाइसिटिन आदि के इंजेक्शन व दवाएं लेकर जान बचानी पड़ती है।

मिलॉर्ड! इनको इनकी करनी की सज़ा मिलनी ही चाहिए कि लोग चैन की सांस ले सकें।

[यह कहकर सरकारी वकील अपनी बहस बन्द कर देते हैं। जज बैक्टीरिया के मुक़दमे के बारे में पूछते हैं]

कृषि वैज्ञानिक बैक्टीरिया की उपयोगिता बतलाता है

जज : (सरदार बैक्टीरिया की ओर देखकर)

सरदार बैक्टीरिया! तुम्हें अपनी सफ़ाई में कुछ कहना हैं?

सरदार बैक्टीरिया :

श्रीमान्, हम तो इधर-उधर अपनी रोज़ी-रोटी कमाने निकलते हैं। हम सीधे-सादे लोग हैं। आदमी के बराबर चालाक नहीं कि जिस तरह चाहें दूसरों को फंसा लें और मार डालें। यह तो चोरी और सीनाज़ोरी वाली बात है। हमसे ही फ़ायदा उठाया जाता है और हमको ही सताया व मारा जाता है। हम पर ही झूठा इलज़ाम लगाया जाता है, क्योंकि हम क़ायदे-कानून जो नहीं जानते। हज़ूर, इन्साफ़ होना चाहिए।

जज :

तुम्हारे मुक़दमे की पैरवी करने के लिए कोई है?

सरदार बैक्टीरिया :

जी। मेरे वकील हैं।

[तभी झट से बैक्टीरिया का वकील सामने आकर एकदम बोल उठता है]

बैक्टीरिया का वकील :

मिलॉर्ड! मैं सरदार बैक्टीरिया की तरफ़ से सफाई में कुछ कहने की इजाज़त चाहता हूं।

जज :

इजाज़त है।

बैक्टीरिया का वकील : (सिर झुकाकर)

मिलॉर्ड, सरकारी वकील ने सरदार बैक्टीरिया के ख़िलाफ़ जो बातें कहीं हैं, वे सही तस्वीर पेश नहीं करतीं। मुझे डर है कि इस तरह बेइन्साफ़ी हो सकती है और निर्दोष को सज़ा मिल सकती है। दूध का दूध और पानी का पानी करने के लिए हमें ठंडे दिमाग़ से सोचना होगा कि आख़िर इन बातों के लिए जिम्मेदार है कौन? बैक्टीरिया? या कोई और ? मिलॉर्ड, सवाल बहुत टेढ़ा है, और इसका जवाब भी इतना ही पेचीदा है, और अगर मैं कहूं कि हम सबके सब यानी सारे लोग कसूरवार हैं, तो एक बारगी। सब, चौंक उठेगे। पर सचमुच बात यही है। आदमी खुद अपना गुनहगार है। लेकिन इस पेचीदा मामले को अदालत के सामने सुलझाकर रखने से पहले बैक्टीरिया से हमें जो फ़ायदे हैं, मैं उन्हें अदालत के सामने रखने की इजाज़त चाहता हूं।

जज :

इजाज़त दी जाती है।

[अदालत में कानाफूसी होने लगती है। तभी दर्शक सरदार बैक्टीरिया के वकील की दलील सुनने के लिए ख़ामोश हो जाते हैं।]

बैक्टीरिया का वकील :

मिलॉर्ड! उद्योगों और फ़ायदों की दृष्टि से बैक्टीरिया हमारे कितने बड़े दोस्त हैं, शायद बहुत कम लोगों को मालूम होगा। इसके लिए मैं कुछ वैज्ञानिक गवाह पेश करना चाहूंगा।

जज :

इजाज़त है।

बैक्टीरिया का वकील : (सिर झुकाकर)

बैंक्यू मिलॉर्ड!

[सरदार बैक्टीरिया के वैज्ञानिक गवाह बारी-बारी से कठघरे में आकर शपथ लेते हैं और गवाही देते हैं।]

बैक्टीरिया का वकील : (पहले वैज्ञानिक गवाह से)

मिस्टर रसायन वैज्ञानिक! अपनी खोज में बैक्टीरिया से जो फ़ायदे आपने ढूंढ निकाले हैं, उन्हें अदालत के सामने रखने की कृपा करें।

रसानय वैज्ञानिक :

श्रीमान्, सिरका, दही, मट्ठा, मक्खन, पनीर, अचार, सन, नील, लैक्टिक एसिड, सिट्रिक एसिड, विटामिन वग़ैरह रोजमर्रा के काम में आने वाली चीजें हमें केवल इन बैक्टीरिया की मेहरबानी से ही मिल पाती हैं।

ऐसिटोबैक्टर ऐसीटी नामक बैक्टीरिया हमारे लिए सिरका

और एसिटिक एसिड बनाता है और लैक्टिक ऐसिड बैक्टिरिया हमारे लिए दूध से दही, मक्खन आदि बनाता है।

बैक्टिरिया का वकील :

मैं अदालत में दरख़्वास्त करूंगा कि वैज्ञानिकों की गवाही पर ग़ौर किया जाए।

[दूसरे वैज्ञानिक को गवाही देने के लिए कठघरे में बुलाया जाता है।]

बैक्टिरिया का वकील :

जनाब कृषि वैज्ञानिक साहब, बैक्टिरिया के बचाव में आपको जो कहना है, कृपया अदालत को बताएं।

कृषि वैज्ञानिक :

श्रीमान, ये बैक्टीरिया ही खेतों में सतह के नीचे गरमी किए रहते हैं कि बीज ठीक-ठाक उग जाएं और पौधे ठीक से गरमी पा सकें। एज़ेटोबैक्टर और क्लॉस्ट्रीडियम नाम के बैक्टिीरिया नाइट्रेट या एक प्रकार की खाद बनाने में हाथ बंटाते हैं। इस खाद के बनने में तीन अवस्थाएं होती हैं। पहले ये बैक्टिीरिया मिट्टी में हवा की नाइट्रोजन को पकड़ते हैं, फिर उसमें ऑक्सीजन मिलाकर नाइट्रोजन नाम के यौगिक और फिर ज्यादा ऑक्सीजन लेकर हमारे लिए मुफ़्त में नाइट्रेट की खाद बना देते हैं।

मिलॉर्ड, बैसिलस रेडिसिकोला दाल वाली फसलों की जड़ों में बैठकर खाद बनाता है और खाद के ढेर के ढेर जमा करके रख देता है कि अगली फ़सल भी बैठे-बिठाए खाद पा सके। इस बात को गांव के अनपढ़ किसान भी अच्छी तरह जानते हैं। दूसरा सन वाला बैक्टीरिया सड़े और गंधाते सन में रेशे और लकड़ी के बीच का गन्दा पदार्थ खाकर हमारे लिए उपयोगी रेशा अलग कर देते है, जिससे हम रस्सी, चटाई, कारपेट आदि चीज़ें बनाते हैं।

बैक्टीरिया का वकील : (तीसरे वैज्ञानिक से)

मिस्टर प्राणि-वैज्ञानिक! बैक्टीरिया से हम व हमारे जानवरों को जो मदद मिलती है, कृपया उस पर प्रकाश डालने की कृपा करें।

प्राणि वैज्ञानिक :

श्रीमान, ये बेचारे बैक्टीरिया तो हमारे जानवरों के खाने को पचाने में भी मदद करते हैं। गाय, भैंस, बकरी घोड़े आदि घास-पात खाने वाले जानवर हैं। चूंकि घास-पात सेलुलोस नाम के पदार्थ के बने होते हैं, इसलिए इनका पाचन ज़रा मुश्किल से हो पाता है। लेकिन बैक्टीरिया इस मुश्किल काम में भी हाथ बंटाते हैं। थोड़ा-सा खाना या मेहनताना लेकर ये अपनी कारीगरी से सेलुलोस को सरल तत्वों में तोड़कर, उनके भोजन को आसानी से पचाने लायक बना देते हैं।

श्रीमान्, यही नहीं, बैक्टीरिया की मेहरबानी से ही विटामिन 'ए' बन पाता है, जो कि बदन के किसी हिस्से के कटने पर बहते ख़ून को रोकने का बहुत बड़ा काम करता है।

और श्रीमान्, सबसे घिनौना, लेकिन समाज-सेवा का काम भी ये बैक्टीरिया ही करते है कि बिना पैसे लिए मेहतर की तरह सफाई रखते हैं। मरे हुए जानवरों व गन्दी चीजों को सड़ा-गलाकर और सुखाकर उनको । इस तरह तोड़-फोड़ देते हैं कि पानी ज़मीन में, गैसें हवा में और मिट्टी में मिल जाती हैं।

[दर्शकों की फुसफुसाहट]

बैक्टीरिया का वकील :

मिलॉर्ड! वैज्ञानिकों की गवाही से अब आपको यक़ीन हो गया होगा कि बैक्टीरिया की बदौलत हमें दही, मक्खन, मट्ठा, पनीर, मिठाइयां और सेहत बढ़ाने और दिल खुश करने वाली अनगिनत स्वादिष्ट चीज़ें मिल पाती हैं। इन्हीं के बलबूते पर हमारी फसलें और उद्योग चलते हैं। अगर दूध ज्यों का त्यों रह जाए और घी से मक्खन न बनाया जा सके, तो हम इन चीजों के लिए तरस-तरसकर मर जाएं। हमारा खाना-पीना मुश्किल हो जाए।

मिलॉर्ड! यदि ये न होते तो सभी सड़ी-गली और मरी चीज़ें

ज्यों की त्यों धरती पर ढेर बनकर पड़ी रहतीं, और हमारा सांस लेना तक मुश्किल हो जाता। ये तो सचमुच नेकी का काम करते हैं।

मिलॉर्ड! ये तो रहीं इनसे फ़ायदे की बातें। लेकिन जो नुक़सान कहे जाते हैं, जरा उनकी सफ़ाई की ओर भी आपका ध्यान दिलाना चाहता हूं, क्योंकि वे बाते आपको दूसरे ढंग से बताई गई हैं। शिकायत है कि बैक्टीरिया हत्यारे हैं, बीमारी फैलाने वाले हैं, मुजरिम हैं। लेकिन ये बैक्टीरिया तो लोगों को सबक़ देते रहते हैं, और बतलाते रहते हैं, कि 'अगर तुम लोग गन्दे रहे, फसल व जानवरों को गन्दा रखोगे, तो नुकसान उठाओगे।' लेकिन ये पढ़े-लिखे लोग मानें तब तो? उन्हें तो बस एक ही बात आती है, अपना कसूर भूलकर दूसरों की शिकायत करना और सारा दोष दूसरों के मत्थे मढ़ना। भलेमानस यह भूल जाते हैं कि उनका कोई दुश्मन नहीं, वे खुद ही अपने दुश्मन हैं।

मिलॉर्ड! लोग गन्दे रहेंगे और पास-पड़ोस को गंदा रखेंगे व गंदी चीज़ें खाएंगे तो भला इन चीज़ों का क्या कसूर? इनको तो जहां भी रहने का मौका मिल जाएगा, ये वहीं रहकर मगन बने रहेंगे। इनका वास ही ऐसी जगहों पर होता है। जहां भी इनको चारा मिला, ये वहीं पहुंच जाते हैं। और यह सभी जानते हैं कि सफ़ाई पसन्द लोगों की

तरफ ये भूल के भी नहीं फटकते। इसलिए उन्हें नुक़सान पहुंचाएंगे तो भला क्यों और कैसे?

और मिलॉर्ड! अब मैं सबसे असली बात पर आ रहा हूं। सरकारी वकील अपनी बहस में क़बूल कर चुके हैं कि बैक्टीरिया से बचने और उन्हें मारने के लिए मनुष्य कई इंजेक्शनों व दवाओं का इस्तेमाल करता है। उसी प्रकार के बैक्टीरिया को मारने के लिए मनुष्य उसी जाति के बैक्टीरिया को मारकर उससे 'वैक्सीन', यानी दवाई या टीके तैयार करता है। इसलिए इन गरीबों को बिना वजह मारने के जुर्म में आदमी को सज़ा मिलनी चाहिए। आए दिन सरदार। बैक्टीरिया के लाखों-करोड़ों साथियों की हत्या करके भी ये चुप बैठे रहते हैं। इसके लिए मिलॉर्ड, मैं चिकित्सा-वैज्ञानिकों की गवाही दिलाने की इजाज़त चाहता हूं।

जज :

इजाज़त दी जाती है।

बैक्टीरिया का वकील : (चिकित्सा-वैज्ञानिक से)

श्रीमान्, चिकित्सा वैज्ञानिक, कृपया सबूत पेश करें कि आदमी किस तरह इन जीवों की हत्या करता है और अपने भले के लिए कैसे इन्हें मारकर इनसे अपने इंजेक्शन व दवाएं तैयार करता है?

चिकित्सा वैज्ञानिक :

श्रीमान्, पेनिसिलिन, स्ट्रेप्टोमाइसिन, क्लोरोमाइसिटिन, टेरामाइसिन आदि के इंजेक्शन व दवाएं इन बैक्टीरिया या जीवाणुओं की बिरादरी से ही तैयार की जाती हैं। उदाहरण के लिए, स्ट्रेप्टोमाइसीज़ की एक जाति से स्ट्रेप्टोमाइसिन; इसी की दूसरी जाति से टैरामाइसिन, पेनिसिलियम की जाति से पेनिसिलिन, क्लौस्ट्रीडियम की एक जाति से टिटेनस रोग की बैक्सीन, कोराइन बैक्टीरिया की एक जाति से डिप्थरिया वैक्सीन और विब्रिया की एक जाति से कॉलरा वैक्सीन यानी हैजा की दवाई तैयार हो जाती है।

बिल्कुल इसी तरह बी.सी.जी., चेचक आदि के टीके बनाए जाते हैं। छोटे बच्चों को चूंकि इंजेक्शन नहीं दिए जाते, इसलिए उन्हें सिरप या शर्बत चटाए। जाते हैं। इन सबके अलावा आदमी अपनी गन्दगी दूर करने और रोग भगाने के बहाने बैक्टीरिया की हत्या के लिए ऐक्रिफ्लेविन, जेनशियन वायोलेट या जामुनी दवा घावों पर लगाता है और सल्फाडाएज़ीन, सल्फाथयोज़ोल, सल्फागॉनीडीन आदि की गोलियों का इस्तेमाल करता है। मिलॉर्ड! इसलिए अंत में मैं फिर यही बात दोहराना चाहूंगा कि कसूरवार आदमी हैं, न कि ये बैक्टीरिया।

[बैक्टीरिया का वकील अपनी बहस बन्दर कर

बैक्टीरिया से मक्खन, मट्ठा, पनीर एंव अन्य वस्तुएं बनती हैं

देता है। अदालत में खुस-फुस होने लगती है। जूरी के सदस्य जज को अपनी राय देते हैं। पेशकार काग़ज़-पत्र जज को देता है। जज काग़ज़-पत्र को देखने और सोचने-विचारने के बाद फ़ैसला सुनाने की तैयारी करते हैं।]

जज : (डॉक्टर से)

तो आपका कहना यह है कि सफ़ाई न रखने और कसरत-क़वायद न करने से बीमारियों को बढ़ावा मिलता है ?

डॉक्टर :

जी हां, श्रीमान् ! गन्दगी, गन्दी आदतों और शरीर की कमजोरी के कारण ही बीमारियां पैदा होती हैं।

जज : (हथोड़ी पीटकर आखिरी फैसला देते हुए)

सारा दोष बैक्टीरिया और उसके साथियों पर नहीं मढ़ा जा सकता। ताली एक हाथ से नहीं बजती। मनुष्य खुद भी क़सूरवार है। सारी बीमारियां उसकी लापरवाही के कारण, गन्दे रहने और कसरत न करने के कारण होती है। इसलिए लोगों को सख्त हिदायत की जाती है कि वे खुद को साफ रखें, अपना घर, पास-पड़ोस, पशु शालाओं और खेतों वगैरह को भी साफ-सुथरा रखें और स्वास्थ्य के नियमों का पालन करें। यदि फिर भी बैक्टीरिया और उसके साथी उन्हें परेशान करते हैं, तो मुझको उनके ख़िलाफ़ कार्रवाई करनी पड़ेगी।

बैक्टीरिया के ख़िलाफ़ मुकदमा ख़ारिज किया जाता है, लेकिन इसको आगाह किया जाता है कि वह मनुष्य को किसी प्रकार की हानि न पहुंचाए।

[लोग कोलाहल करते हुए बाहर निकलते हैं।]

•••

प्रश्नोत्तरी

(1) गंदगीमल के वकील का क्या नाम था?

(अ) मोहम्मद (ब) झंडामल

(स) श्रीमती डॉ. डी.टी.टी. (द) श्री इंजेक्शनम

(2) टाइफाइड, हैजा, पेचिश, टी.बी. आदि को फैलाने में इनमें से कौन सा कारक है?

(अ) सांप (ब) बिच्छु

(स) मक्खी (द) इनमें से कोई नहीं

(3) गोली व कारतूसों में विस्फोट के लिए किसका उपयोग किया जाता है?

(अ) नाइट्रोजन (ब) बैक्टीरिया

(स) ऑक्सीजन (द) मिथेन

(4) नाइट्रोजन किस प्रकार की गैस है?

(अ) निष्क्रय (ब) ठंडी

(स) गर्म (द) ज्वलनशील

(5) खेत-बगीचों में उपयोग होने वाली खादों में किसकी मात्रा होती है?

(अ) नाइट्रोजन (ब) ऑक्सीजन

(स) मिथेन (द) कार्बन डाईऑक्साइड

(6) कौन से यंत्र से बैक्टीरिया को आसानी से देखा जा सकता है?

(अ) दूरबीन से (ब) कैमरे से

(स) माइक्रोस्कोप से (द) चश्मे से

(7) स्ट्रेप्टोमाइसिने, टैरामाइसिन, पेनिसिलिन व टिटेनस आदि की दवाइयां किन से तैयार की जाती हैं?

(अ) नाइट्रोजन (ब) बैक्टीरिया

(स) कीटाणु (द) विषाणू

(8) इनमें से कौन बीमारी फैलाने का काम करता है?

(अ) नाइट्रोजन (ब) चींटी

(स) बैक्टीरिया (द) मधुमक्खी

1. (ब), 2. (स), 3. (अ), 4. (द), 5. (अ), 6. (स), 7. (ब), 8. (स)

उत्तर